TO. _____ 에게

개나리 - 희망을 버리지 마세요

FROM. _____ 드림

소설

꽃들의 대화

차례

꽃들의 대화

내가 세상에 태어나 처음 뱉어낸 단어는 '꽃'이었다. 어눌한 발음으로 꽃을 가리키며 '꼬오'라고 불렀다고 한다. 나는 다섯 살이 되도록 대여섯 개의 단어밖에 말하지 못했는데, 말귀는 귀신같이 알아듣고 물을 달라면 물을 가져왔고, 안마를 하라면 조막만 한 손으로 할머니의 어깨를 주물렀다. 말문이 늦게 트인 게 성격 형성에 악영향을 미친 거라고, 애가 묘한 분위기를 풍기는 건 그래서라고 이웃 어른들은 수군거렸다.

꽃들의 대화

　유년 시절 나의 유일한 친구는 꽃이었다. 모래로 만든 밥 위에 제비꽃을 점점이 뿌리고 잡초로 만든 국수에는 민들레꽃을 올려놓았다. 진달래꽃으로 장식한 진흙 케이크, 원추리꽃을 둘둘 말아서 만든 김밥은 내가 봐도 먹음직스러웠다.

　혼자서 들로 산으로 쏘다니다 보면 금세 하루해가 저물었다. 세상의 반짝이는 모든 것들이 어둠 속에 숨고 나면 나는 엄마 없는 집으로 돌아가야 했다.

할머니는 내가 좋아하는 꽃 요리로 저녁상을 차려놓고 기다렸다. 치자 물을 넣고 빚은 꼬마 만두에는 담벼락에 핀 살구꽃이 콕콕 박혔다. 텃밭에서 따 온 싱싱한 호박꽃에 밀가루 반죽을 입혀서 노릇하게 부침개를 부쳤고, 쌈 채소 옆에는 새하얀 고추 꽃이 빠지지 않았다. 찔레꽃, 머위 꽃, 국화, 매화, 연꽃, 개나리, 목련 등 먹을 수 있는 꽃은 산골 마을에 지천으로 널렸다.

"암만케도 쟈가 꽃에 홀렸지 싶다. 그만 델꼬 가라.

여 더 뒀다가는 사람 구실 몬한데이."

초등학교 입학을 앞두고 엄마가 날 데리러 왔다. 엄마 손에 이끌려 아파트에 들어갔더니 아빠하고 동생이 반갑게 반겨줬다. 나는 그날 그들을 처음 봤다. 희고 가지런한 치아를 드러내고 웃는 아빠는 인동꽃을 닮아 선량해 보였고, 프릴이 잔뜩 달린 오렌지색 원피스를 입은 동생은 새침한 능소화 같았다. 나는 풀물이 얼룩지고 소매에 새까맣게 때가 찌든 옷이 부끄러워 얼른 팔을 등 뒤에 감췄다.

미용실에 갔다. 엄마는 내 의견은 묻지도 않고 허리까지 내려오던 긴 머리를 단발로 자르게 했다. 백화점에 가서는 동생이 입었던 원피스와 유사한 옷을 잔뜩 사들였다. 대중목욕탕 탈의실에서 나는 옷을 벗지 않겠다고 떼를 부렸다.

"옷이라도 좀 빨아 입고 오지."

엄마가 발끈했다. 나는 죽기 살기로 바지를 잡고 놓지 않았다. 실랑이 끝에 옷이 벗겨졌고 나는 참았던 울음을 터트렸다.

늦은 저녁으로 아빠가 만들어놓은 파스타를 다 같이 먹었다. 파스타는 할머니가 해주던 한련화 비빔국수와 비슷한 모양이었는데 맛도 없고 냄새도 역했다. 나는 숨을 참고 파스타를 씹었다.

아빠가 물었다.

"먹을 만해?"

나는 숨을 참느라 제때 대답을 못 했다.

"언니랑 같이 먹으니까 더 맛있는 거 같아."

입가에 소스를 잔뜩 묻히고 동생이 배시시 웃었다.

"나정아, 많이 먹어."

엄마가 다정하게 이름을 불러준 건 그때가 처음이었다. 할머니 집에 올 때마다 엄마는 골이 난 사람처럼 인상을 썼었다. 나는 당황해서 급하게 파스타를 삼켰다. 배 속이 느글느글했다. 쓴맛이 나는 금어초가 먹고 싶었다.

서울 아이들은 손에 흙이 묻는 걸 싫어했다. 모래와 꽃으로 만든 비빔밥은 반 아이들의 웃음거리가 되었다. 나는 의기소침해졌고 말수가 줄어들었다. 집에 돌아오면 베란다에 나가 꽃부터 뜯어 먹었다. 그 시간만이 유일한 위안이었다.

　어느 날, 학교에 다녀왔더니 집에 있던 화분이 전부 사라지고 없었다. 학교 화단에서 꽃을 뜯어 먹다가 친구한테 들켰다. 이상한 아이라는 소문이 퍼졌고 아무도 나하고 놀려 하지 않았다. 그 후로 오랫동안 꽃을 입에 대지 않았다.

어린 시절의 기억은 〈꽃들의 대화〉의 모티브가 되었고,
그 희곡으로 신진작가 공모전에 당선되었다.

이른 점심을 먹으려고 햇반을 데우는데 연출한테 전화가 걸려 왔다.

"오늘 첫 연습 있는 거 알죠?"

이날을 위해 틀어박혀 희곡만 썼는데 기억을 못 할 리가 없었다.

여러 극단에서 당선작을 무대에 올리고 싶다고 연락을 해왔다. 자금력이 있는 대형 극단, 예술성 있는 작품을 만드는 실력파 극단도 있었다. 이번에 작업을 같이하게 된 극단 '지지배배'는 규모가 크지는 않았지만, 오브제를 활용한 신체극을 주로하는 개성 있는 단체였다.

꽃들의 대화

연극계에 연고가 전혀 없었던 나는 속을 끓이고 있던 참이었다. 연극 한 편 올리는 데 한두 푼 드는 게 아닌데, 누가 내 희곡을 무대에 올려줄까 싶었던 것이다.

　　'지지배배'를 선택한 이유는 제일 먼저 전화를 걸어 온 극단이라는 단순한 이유 때문이었다. 여기저기서 연락받을 줄 알았더라면 선택이 달라졌을지도 모를 일이었다. 그렇다고 후회하는 건 아니다.

"안 작가, 기쁜 소식이에요. 〈꽃들의 대화〉가 예술인연극제 공식 경연작으로 선정됐어요. 어때요, 내 말이 맞았죠? 희곡이 좋아서 될 거라고 했잖아요. 우리 극단 목표는 대상입니다."

대학로의 많은 극단들이 예술인연극제에 목을 맸다. 공식 경연작으로 선정되면 제작비를 지원받을 수 있는 데다 수상 상금도 컸다. 거기에다 대상을 받으면 전국의 문예회관 투어 기회가 주어졌다. 지방 투어는 극단이 안정적으로 수익을 올릴 수 있는 가장 좋은 방법이었다.

그러다 보니 매년 경쟁률이 치솟았다. 1차 서류 심사를 통과했을 때만 해도 2차 인터뷰에서 뽑힐 거라는 생각을 못 했다. 아무리 생각해도 이번에 뽑힌 건 희곡의 힘이 아닌 연출의 개인 능력 때문인 듯했다. 2차 인터뷰에서 심사 위원들은 꽃의 이미지를 무대에서 어떻게 구현할 것인지를 끈질기게 물고 늘어졌다. 오브제와 영상 그리고 신체 훈련이 잘된 배우들의 앙상블로 무대를 꾸밀 것이라며 연출은 말로 심사 위원을 홀렸다.

연출을 떠올리면 어떤 꽃보다 크고 화려하며 고개를 들어야만

볼 수 있는 해바라기가 연상되었다.

"꽃샘추위가 매서워요. 옷 잘 챙겨 입고 나와요. 아, 그리고 연습실에는 빈손으로 오세요."

그렇게 말하고 연출은 전화를 끊었다. 연출의 마지막 말이 계속 맴돌았다. 빈손으로 오라는 건지, 뭘 들고 오라는 건지 모호했다. 연습실에는 빈손으로 가려 했다. 아니, 정확하게 말하면 거기에 대해 아무 생각이 없었다. 그런데 생각하면 할수록 빈손으로 가는 건 예의가 아닌 듯했다.

　고민 끝에 샌드위치를 만들어 가기로 했다. 싱크대에 처박혀 있던 식기를 꺼냈다. 엄마가 돌아가신 후 라면 끓이는 거 말고는 요리를 한 적이 없었기 때문에 그릇에 뽀얗게 먼지가 앉았다.

　엄마는 생전에 그릇을 모으는 취미가 있었다. 그래서 싱크대에는 각양각색의 그릇들이 가득했다. 고가의 수입 식기와 커피잔은 전용 그릇장에 따로 장식되어 있을 정도였다.

외모 치장에 열을 올리던 엄마의 취미로 그릇 모으기는 어울리지 않았다. 엄마는 요리하는 걸 좋아하지 않았다. 가끔 달걀부침을 하거나 스팸을 구웠을 뿐이고 요리는 도우미 아줌마가 다 했다.

어른이 된 뒤로 요리는 내 몫이 되었다. 나는 엄마를 위해 예쁘고 건강한 밥상을 차리려 노력했다. 엄마가 돌아가시고 나서야 알았다. 맛있는 요리를 해서 사랑하는 사람들과 나눠 먹는 것이 얼마나 큰 행복이었는지를.

꽃 샌드위치를 만들고 싶었다. 꽃의 은은한 향과 쌉싸래한 맛을 상상하자, 입 안 가득 침이 고였다. 벽시계를 봤다. 꽃시장을 다녀오기에는 시간이 부족했다. 급하게 슈퍼에 가서 샌드위치 재료를 사 왔다. 시간이 없을 땐 참치 샌드위치가 제일 만만했다.

꽃들의 대화

장식으로 쓰려고 사 온 딸기를 씻다가 참지 못하고 한입 베어 물었다. 달콤한 과즙이 혀를 적셨다. 얼마 만에 먹는 딸기인지 모르겠다. 딸기가 먹고 싶으면 딸기잼, 딸기우유, 딸기아이스크림을 먹었다. 생딸기는 엄마의 유산으로 살아가는 내가 먹기에는 사치스러운 과일이었다.

연습실 문 앞에서 한참을 서성였다. 혼자 들어가는 게 영 내키지 않았다. 연출한테 몇 번이나 전화하려다가 말았다. 약속시간은 이미 지났다. 더 늦는 건 예의가 아니었다.

나는 조심스럽게 연습실 문을 열었다. 문에 달려 있던 풍경이 은은한 소리를 냈다. 연습실에 들어가다가 사고가 터졌다. 문턱이 튀어나온 것을 모르고 넘다가 발이 제대로 걸려버린 것이다. 몸이 저만치 튕겨 나갔다. 나는 넘어지지 않으려 신발장을 힘껏 잡아당겼다. 요란한 소리를 내며 신발장이 엎어졌다.

　누군가 리모컨의 음 소거 버튼을 누른 것처럼 정적이 흘렀다. 연습실에 있던 모든 사람이 나를 쳐다봤다. 시간이 멈춘 것 같았다. 머릿속이 텅 비었다. 얼마나 놀랐는지 딸꾹질이 다 났다.

　"괜찮으세요? 어디 다치신 데는요?"

　말총머리를 한 단원이 뛰어와 물었다. 멈췄던 시간이 다시 흘렀다. 연습실 안은 다시 소란해졌다.

나는 신발장을 일으켜 세우려 했다. 말총머리 단원이 못 하게 막아섰다. 단원들 몇 명이 와서 신발장을 세우고 신발을 정리했다.

붉은빛이 도는 피부에 눈썹이 유난히 짙은 남자 단원이 바닥에 팽개쳐져 있던 찬합을 주워 줬다. 나는 고맙다는 말도 제대로 못 하고 찬합을 받아 들었다.

"누구세요?"

말총머리 단원의 질문에 말문이 막혔다. 긴장해서 작가라는 말이 얼른 떠오르지 않았다. 나는 머뭇거리며 입술을 달싹였다.

"혹시 작가님이세요?"

나는 고개를 끄덕였다. 말총머리 단원은 자신을 조연출이라고 소개했다. 그러고는 단원들을 향해 작가님이 왔다고 크게 소리쳤다. 단원들이 제각각 반갑게 맞아주었다.

"연출님은 일이 있어서 좀 늦으신다고 전화 왔어요."

조연출이 테이블로 안내했다. 나는 의자에 앉아 연습실을 훑어봤다. 단원들은 몸을 푸느라 여념이 없었다. 캥거루처럼 폴짝폴짝 뛰는 배우, 스트레칭을 하는 배우, 아, 아, 소리를 높게 낮게 빠르게 느리게 지르며 목을 푸는 배우도 있었다.

조연출이 믹스커피를 타 왔다. 나는 카페인에 민감한 체질이라 커피를 마시지 않았다. 커피가 든 종이컵을 멀거니 들여다보았다. 커피를 마시지 않으면 조연출이 오해할 것만 같았다. 반만 마실까, 못 마신다고 말을 해야 하나, 온갖 생각이 다 들었다.

고등학교에 다닐 때 연극에 호기심이 생겼다. 여러 날 고민
하다가 용기를 내서 연극반 문을 두드렸다.

　　회장이 대뜸 물었다.

　　"잘하는 거 있어?"

　　나는 잘하는 거라곤 없었다.

"노래 잘하니?"

고개를 흔들었다.

"춤 잘 춰?"

다시 고개를 흔들었다.

"설마 네가 예쁘다고 생각하는 건 아니겠지?"

반원들이 키득거렸다.

꽃들의 대화

"연기를 잘하면 당연히 배우가 되는 거고, 리더십이 있다면 연출이 될 수 있어. 아는 노래가 많다면 음악감독, 손재주가 있으면 무대감독, 만들기를 잘하면 의상디자인, 사교성이 있으면 기획을 하면 돼. 이제 다시 물을게. 넌 뭘 잘하니?"

아무리 생각해도 떠오르는 게 없었고 결국 연극반에 들어가지 못했다. 그때의 기억은 상처가 되어 두고두고 가슴을 아프게 했다.

샌드위치가 든 찬합은 여전히 내 손에 있었다. 커피를 받으면서 조연출한테 건넸더라면 자연스러웠을 텐데 그 생각을 못하고 놓쳤다.

　'이거 샌드위친데 연습하시다가 출출하면 드세요.'

　이 말을 속으로 반복해서 연습했다. 용기를 내서 조연출을 불렀다. 내 목소리는 단원들이 떠드는 소리에 묻혔다. 두 번 더 불렀지만 알아듣는 사람이 없었다.

나는 조연출의 어깨를 툭툭 건드렸다. 화들짝 놀라며 조연출이 뒤돌아보았다.

"이거……."

연습했던 말을 다 하지 못하고 찬합을 내밀었다.

"이게 뭐예요?"

나는 아무 말도 못 하고 조연출의 입만 쳐다보다가 "샌드위치"라고 겨우 한마디를 더 했다.

"단원들하고 나눠 먹으라고요?"

나는 차량용 흔들 인형처럼 고개를 주억거렸다.

꽃들의 대화

"다들 모여보세요. 작가님이 샌드위치 만들어 오셨어요."

단원들이 테이블로 모여들었다. 조연출이 찬합을 열었다. 샌드위치는 내용물이 뒤섞여 한쪽으로 쏠려 있었다. 딸기는 으깨졌고 식빵은 축축하게 젖은 데다 거무튀튀하게 변색하였다. 이건 샌드위치인지 음식 쓰레기인지 모를 정도였다. 조연출은 아무렇지 않은 듯 샌드위치를 집어 들었다.

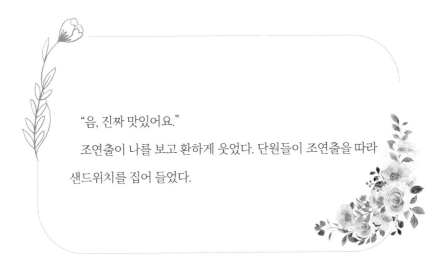

"음, 진짜 맛있어요."

　조연출이 나를 보고 환하게 웃었다. 단원들이 조연출을 따라

샌드위치를 집어 들었다.

"웩, 뭐야 이게. 참치잖아."

갈색 눈동자가 신비로운 분위기를 풍기는 여자가 샌드위치를 티슈에 뱉어냈다.

"넌 뭘 그렇게 가리는 게 많아. 그러니까 삐쩍 말랐지. 어서 먹어."

"비려서 못 먹겠단 말이야. 방사능 걱정도 되고. 근데 오빠 냄새 안 나?"

얼굴이 붉게 달아올랐다. 나는 고개를 들 생각을 못 했다. 종이컵 테두리에 들러붙은 녹다 만 커피 알갱이가 꼭 나 같다는 생각이 들었다. 커피를 한 모금 마셨다. 지나치게 달아서 구역질이 났다. 나는 이곳과 어울리지 않았다. 그만 내 방으로 돌아가고 싶었다.

"무슨 냄새가 난다고 그래. 맛있기만 한걸."

"오빠 입에 뭔들 안 맛있겠어."

"이리 내. 먹기 싫음 먹지 마. 내가 다 먹지 뭐."

고개를 들어 남자를 쳐다봤다. 아까 바닥에 떨어진 찬합을 주워 준 눈썹이 짙은 남자였다. 그는 여름철 장독대 옆에 피어 있던 봉선화처럼 싱싱했다.

　남자는 여자가 남긴 샌드위치는 물론이고 찬합에 있던 것까지 남김없이 먹어치웠다.

　그 모습을 보고 있자니 식욕이 돌았다. 나도 모르게 침이 넘어갔다. 침 삼키는 소리가 생각보다 커서 심장이 두근거렸다.

연출은 약속 시간보다 두 시간이나 늦었다.

"안 헤매고 잘 찾아왔어요?"

연출의 첫마디였다. 나는 보내준 약도를 보고 어렵지 않게 찾아왔다고 대답했다. 늦은 것에 대해서 연출은 별말이 없었다.

연출이 단원들한테 내 소개를 잘 해줬다. 나는 잘 부탁드린다는 말로 짧게 인사를 마쳤다.

"거기서부터 편하게 돌아가며 읽어봐."

연출이 리딩을 시켰다. 캐스팅이 안 된 상태여서 정식 연습은 불가능했다. 오늘의 만남은 캐스팅을 염두에 두고 연출이 마련한 자리였다.

연출은 배우가 리딩을 마칠 때마다 그 배우의 프로필을 상세히 알려주었다. 리딩하는 틈틈이 희곡에 관한 얘기를 나눴다. 연출이 주로 말을 했고 나는 경청을 했다.

극단 대표면서 열 살이나 연상인 연출이 꼬박꼬박 존댓말을 써주는 게 좋았다. 존중받는 기분이 들었고 내가 아주 중요한 사람이 된 듯했다.

리딩이 끝나자, 연출은 어떤 배우가 주인공을 했으면 좋겠냐고 물어왔다. 나는 아직 잘 모르겠다고 말했지만 마음에 드는 배우가 한 명 있긴 했다. 다음에 정식으로 캐스팅 얘기가 나오면 그때 말해야지 마음먹었다.

낮 연습을 마치고 연습실을 나왔다. 저녁을 먹고 움직임 연습이 한 타임 더 남았는데 연출의 양해로 먼저 일어나게 된 것이다. 지하철역에 도착해서야 찬합을 두고 나온 것을 알아챘다. 어쩔 수 없이 연습실로 되돌아갔다.

그새 엘리베이터가 점검 중이라 계단을 걸어 내려갔다. 어디선가 말소리가 들려왔다. 가만히 들어보니 조연출 목소리였다. 나는 소리를 따라 계단을 더 내려갔다.

　"아까 샌드위치 먹을 때 태도가 그게 뭐야. 먹기 싫으면 그냥

조용히 뱉으면 되잖아."

　"너무 놀라서 나도 모르게 튀어나온 거예요."

"나도? 선배한테 나도? 말버릇 좀 고쳐. 우리야 네가 악의가 없다는 거 다 알지. 하지만 외부에서 온 작가님이 우리 극단을 뭐라고 생각하시겠어. 그리고 작년에 창작 뮤지컬 올렸다가 왕창 깨진 거 알아, 몰라. 이번에 우리 극단이 무조건 대상 받아야 해. 그러니까 작가님 심기 건드리지 말라고. 내일 작가님 연습실에 오시면 사과드려. 대충 웃고 넘길 생각 말고 정식으로 제대로 사과하란 말이야. 알겠니?"

조연출이 계단을 올라오는 소리가 들렸다. 어디로든 몸을 숨겨야 했다. 나는 급하게 지하 주차장으로 들어가 주차된 차들 사이에 몸을 숨겼다. 조연출은 아무것도 모르고 올라갔다. 이제 여자가 올라오길 기다렸다. 한참이 지나도 여자는 올라오지 않았다. 조심조심 밖으로 나왔다.

"지만 잘났지. 맨날 사과하래."

계단에서 마주친 여자는 입을 삐죽였다. 나는 온몸이 뻣뻣하게 굳었다.

"작가님한테 한 말 아니에요. 진짜예요."

여자는 내 얼굴을 빤히 쳐다보았다.

"많이 놀라셨어요? 작가님 눈이 꼭 놀란 토끼 같아요."

여자는 그 말을 하고 킥킥 웃었다.

　이 상황이 그렇게 웃긴 것인지 알 수 없었던 나는 무표정하게 서 있었다. 내 얼굴을 살피던 여자는 바로 웃음을 거뒀다.

　"작가님, 아까는 진짜 죄송했어요. 샌드위치는 아무 잘못 없어요. 문제라면 제 입이 고급인 게 문제죠. 그러니까 한 번만 용서해주세요. 제발요."

　애교를 부리며 내 팔을 잡고 매달리는 여자를 차마 뿌리칠 수 없었다. 너무 예쁜 사람한테는 화도 낼 수 없는 거였다.

캐스팅이 마무리됐다. 배우들은 본명 대신 극 중 이름으로 불렸다. 참치 샌드위치를 맛있게 먹던 남자가 규 역에 캐스팅되었다. 계절을 막으로 나누고 막마다 다른 배우가 규 역을 맡게 희곡을 썼다. 봄의 규, 여름의 규, 가을의 규, 겨울의 규. 이렇게 네 명의 규 중 1막에 나오는 봄의 규로 남자가 캐스팅된 것이다. 봄의 규는 순수를 상징했다.

매력적인 눈동자를 가진 여자가 주인공 혜나 역에 캐스팅되었다. 혜나는 자신을 진정으로 사랑해줄 사람을 한평생 기다리는 인물로, 나를 투영해 만들어냈다. 여자의 어디가 나를 닮았는지 모르겠다. 우리는 외모부터 성격까지 무엇 하나 닮은 게 없었다. 여자는 기다림이라는 단어를 알 필요가 없는 사람이었다. 예쁘고 애교도 많은 데다 연기까지 곧잘 해서 연출은 물론이고 선배들이 다 좋아했다.

꽃들의 대화

　또래의 단원들이 질투하는 것 같은데 정작 본인은 신경 쓰지 않는 듯했다.

　며칠이나 잠을 설쳤다. 연출이 일방적으로 진행한 캐스팅에 대해 한마디도 못 한 게 마음에 걸렸다. 하루에도 몇 번씩 여자는 혜나 역에 어울리지 않는다고 연출한테 말하는 상상을 했지만 결국 아무 말도 하지 못했다.

첫 회식이 있는 날이었다. 낮 연습을 마치고 단골이라는 무한 리필 고깃집으로 몰려갔다. 뒷골목과 어울리는 오래된 식당이었다. 단원들은 자리를 잡고 앉기 무섭게 삼겹살을 굽기 시작했다. 주방에 들어가 밑반찬을 담아 오고 냉장고에서 마음대로 술을 꺼내 왔다.

나는 뭐라도 돕고 싶은 마음에 물병을 집어 들었다. 옆에 앉은 단원이 물병을 뺏어갔다. 수저를 놓으려고 하자 또 다른 단원이 그 일을 대신 했다. 나는 손가락 하나 까딱 않고 가만히 앉아서 구워주는 고기를 먹고 술을 마셨다.

배가 차자 단원들이 이것저것 물어왔다. 꼭 일 대 다수의 미팅 자리 같았다.

"희곡은 언제부터 쓰신 거예요?"

"아이디어는 어디서 얻으세요?"

"남자친구 있어요?"

이렇게 많은 질문을 한꺼번에 받은 건 처음이었다. 대부분 질문에 단답형으로 대답했는데도 나중에는 입이 마르고 목이 아팠다. 평소에 비해 지나치게 말을 많이 한 탓이었다.

　종일 말 한마디 못 하는 날이 많았다. 내게는 말 걸어줄 가족이 없었고 연락을 하고 지내는 친구도 없었다. 편의점에서 "칫솔 어디 있어요?"라든가 식당에서 밥을 먹다가 "여기, 김치 더 주세요."라고 말하는 게 전부였다.

　대신 기억 속에 남은 사람을 컴퓨터 모니터에 불러내서 대화를 나눴다. 경비 아저씨, 이웃집 여자, 편의점 아르바이트생 등 현실에 있는 사람들보다 모니터에만 존재하는 가짜가 더 진짜 같았다.

"저번에 작가님이 만들어 오신 샌드위치 진짜 맛있었어요."

규는 콧등을 찡긋하며 말했다.

"샌드위치 먹는데 갑자기 엄마 생각이 나잖아요. 엄마가 샌드위치를 진짜 잘 만드시거든요. 부모님 반대 무릅쓰고 무작정 서울에 올라왔어요. 배우가 못 될 바엔 차라리 죽어버리는 게 낫겠더라고요."

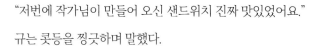

꽃들의 대화

나도 내 곁에 아무도 남지 않았을 때, 그만 살고 싶어진 적이 있다.

화방에 가서 커터 칼을 사 왔다. 파스텔색의 예쁜 칼에 피를 묻히는 게 마음에 걸렸다. 팔목을 그으려는 순간, 못 견디게 말이 하고 싶었다.

컴퓨터 전원을 켰다. 키보드를 눌러 "저는 지금 죽으려고 합니다."라고 썼다.

기억 속에서 한 여자가 튀어나왔다.

"어머니가 슬퍼하실 텐데요."

"우리 엄마라면 눈가에 새발 주름이 생겼을 때보다 슬퍼하지 않을 거예요."

"세상에 그런 엄마가 어딨어요."

"상관없어요. 엄만 죽고 없는걸요."

꽃들의 대화

"어릴 때 길러주신 할머니는 어쩌고요."

"할머니도 돌아가셨어요. 그런데 우리가 언제 만난 적이 있었나요? 낯이 익어요."

"기억 안 나요? '연극의 이해' 수업 같이 들었잖아요. 단체로 연극 관람하고 뒤풀이 자리에서 얘기를 나누기도 했고요. 그때 당신은 내성적으로 보이긴 했지만 자살을 할 사람처럼 보이진 않았어요."

　"기억나요. 이제 다 기억났어요. 늘 외롭고 마음 둘 곳 없던 내게 다가와 친구가 돼주겠다고 말했었죠, 당신. 그래놓고 다단계에 끌어들였잖아요. 그쪽이 빠뜨린 다단계의 구렁텅이는 너무 깊고 어두워서 나의 이십 대를 모조리 집어삼켜버렸어요. 난 누구도 믿지 못하는 불량품이 되고 말았다고요."

　"그게 왜 내 잘못이에요?"

　"그쪽이 날 속였잖아요."

꽃들의 대화 🌱

"바보같이 속은 사람이 문제라는 생각 안 해봤어요? 그리고 이제야 하는 말이지만 당신 원래부터 좀 이상했어요."

"뭐라고요? 어떻게 그런 말을 아무렇지 않게 내뱉을 수 있어요. 이제부터 당신이 나한테 뭘 잘못했는지 하나하나 말해줄게요."

희뿌옇게 동이 틀 때까지 대화를 나누고 나서야 여자한테서 제대로 된 사과를 받아낼 수 있었다. 여자와 나눈 대화는 삼십 페이지가 넘는 분량이었다.

그날 이후, 나는 매일 모니터에서 대화를 나눴다.

하루는 할머니를 불러내서 아카시아꽃으로 빚은 막걸리를 넣은 술떡을 만드는 방법을 배웠다. 다음 날은 아빠를 불러 왜 나를 찾지 않느냐고 따졌다. 엄마는 하루로는 부족해서 생각 날 때마다 불러내서 궁금한 걸 물었다.

그러다 희곡을 쓰기 시작했다.

규가 빈 잔에 술을 따라줬다.

꽃들의 대화 🌼

"예전엔 안 그랬는데 자꾸 배가 고파요. 먹고 돌아서면 또 배가 고픈 거예요. 왜 그런지 모르겠어요."

'외롭기 때문이 아닐까요?'

그 말은 하지 못했다.

"깊이가 없어, 깊이가!"

술에 취한 연출이 소리를 질렀다. 연출이 반말을 한 건 처음이라 적잖이 당황했다.

"인물들이 죄다 로봇 같아. 도통 살아 있는 것 같지 않아. 싹다 죽이고 생기 있는 인물로 고쳐봐. 그래야 작품이 살고 깊이가 생겨. 안 작가 삼십 대 중반이면 다 알잖아. 연애도 해볼 만큼 해봤을 거고."

알아서 쓰는 게 아니고 꿈꾸기 때문에 쓸 수 있다는 것을 연출은 아마 영원히 모를 것이다.

"그래서 얼마나 고쳤어? 고쳤으면 보여줘야 할 거 아냐."

공연까지 이제 두 달 남았다. 시간을 가지고 천천히 고쳐도 된다고 말해놓곤 딴소리다.

"무엇보다 완성도가 중요해요."

연출은 그렇게 말했었다. 아무래도 연출은 자신이 한 말을 잊어버린 듯했다.

갑자기 마음이 급해졌다. 들뜬 마음을 가라앉히고 당장 오늘 밤부터 희곡을 고쳐야겠다.

꽃들의 대화

연습이 시작되고 조연출이 지문을 읽었다.

"암전 상태에서 희미하게 기차 소리 들린다. 조명 밝아진다. 벚꽃이 흐드러지게 핀 언덕. 벚꽃 잎이 점점이 날린다. 무대는 옅은 푸른색이 감돈다. 혜나는 벚나무 아래 서 있다. 기차 소리 점점 가까워진다. 귀청을 찢을 듯 기차가 경적을 울린다. 기차가 오는 것을 묵묵히 지켜보는 혜나. 기차는 멈추지 않고 그대로 지나간다. 서서히 멀어지는 기차 소리."

혜나가 첫 대사를 쳤다.

"그는 떠났다."

규가 받았다.

"나는 떠났다."

혜나가 대사를 치면 규는 "나는 떠났다"로 받았다.

"기다리겠어요."

"나는 떠났다."

"어디선가 바람 불어와 꽃잎 다 떨어질 때까지 기다리겠어요."

"나는 떠났다."

"벚꽃으로 술을 담그고, 벚꽃으로 떡을 찌고, 벚꽃으로 화전을 부쳐놓고 기다리겠어요."

"나는 떠났다."

"돌아올 때까지 영원히 기다리겠어요."

연출이 호통을 쳤다.

"그만! 혜나 뭐니. 악극 하니? 뭐가 이렇게 신파 조야. 어제는 누가 쫓아오는 것처럼 급하더니 오늘은 또 대사 톤이 왜 이렇게 떠 있어. 대본 분석 안 했어? 개인 연습 안 하니? 왜 그래. 다들 똑바로 들어. 공연까지 시간 충분히 있어. 캐스팅 얼마든지 바뀔 수 있다고."

연습실 분위기가 차갑게 굳었다. 숨 쉬는 소리도 들리지 않았다.

　"혜나는 내일까지 작품 분석하고 캐릭터 분석해 와. 글자 크기 10포인트, A4 열 장. 캐릭터 분석 끝나면 배역에 어울리는 의상이랑 메이크업하고 다니는 거 알지. 우리 목표는 대상이야! 그거 잊지 마."

　혜나는 울먹였다.

　"열 장은 너무해요. 좀 빼주시면 안 돼요?"

꽃들의 대화

"혜나야, 연기 입으로 하는 거 아니다. 몸으로 머리로 하는
거야. 제대로 된 작품 분석 없이 좋은 연기가 나올 수가 없어.
그게 싫으면 그만두든지. 하고 싶다는 사람은 많으니까. 십 분
휴식."

　규가 다가와 혜나를 다독였다. 혜나는 규에게 뭐라고 속삭였
다. 두 사람은 손을 잡고 연습실을 빠져나갔다.

　연출은 사무실로 들어가면서 나를 불렀다.

"벚꽃도 먹어요?"

"네."

"안 작가도 먹어봤어요?"

그렇다고 대답했다. 술이 깬 연출은 멀쩡해졌다. 그 간극이 너무 커 나는 롤러코스터를 타는 것처럼 멀미가 났다.

"무슨 맛이에요?"

"살짝 쓴맛이 나요. 벚꽃은 향이 좋아요."

꽃들의 대화

"맛있는 꽃은 없어요?"

"음……, 팬지가 단맛이 조금 있어요. 금어초는 쓴맛이 나고, 한련화는 톡 쏘는 매운맛이고요."

"그렇구나. 안 작가, 근데 꽃 말고는 없을까요? 얼음이나 가발, 닥종이 인형 같은 오브제를 다양하게 쓰는 건 어때요? 꽃만으로는 좀 약할 거 같은데……. 어쩐다."

심사평에는 떠나간 남자를 꽃으로 이미지화한 부분이 신선했다고 적혀 있었다. 봄은 벚꽃, 여름은 장미, 가을은 국화, 겨울은 동백, 계절을 꽃으로 나누고 그와 연관된 에피소드를 만든 것이 좋은 점수를 받은 것이다. 다만 지고지순한 주인공 캐릭터가 현실과 동떨어져 있다는 지적이 있었다. 그 점은 나도 동의하는 부분이라 그 부분을 중점적으로 희곡을 고치는 중이었다.

"예를 들어서 봄의 규가 꽃이라면 여름의 규는 태양, 가을의 규는 낙엽 뭐 이렇게 다르게 갈 수 있잖아요. 아니면 악어는 어때요? 질기고 거칠고 음흉한 이미지가 겨울의 규한테 어울릴 거 같은데. 어쨌든 한번 고쳐봐요. 안 작가 작품이 대상에 뽑혀야 하지 않겠어요."

연출의 지적에 따라 희곡에서 꽃을 빼면 남는 건 없었다. 희곡을 다시 써야 할지도 모르겠다.

노점에서 악어 인형을 팔기에 별생각 없이 사 왔다. 희곡을 고치다가 못 고치고 악어 인형을 껴안고 잠이 들었다. 악어 인형이 폭신해서 오랜만에 단잠을 잤다.

백과사전에서 오려낸 악어 사진을 책상 앞에 붙여놓았다. 글이 써지지 않을 때마다 악어 실내화, 악어 포크, 악어 보드게임 등 악어와 관련된 소품을 사 모았다.

내 방은 조금씩 악어 우리로 변해갔다.

오이가 싸기에 잔뜩 사 들고 왔다. 규가 오이소박이를 좋아한다는 이야기를 들은 다음 날이었다.

오이에 십자로 칼집을 넣다가 마음을 바꿔 악어를 조각하기 시작했다. 작두처럼 크게 벌어진 입, 날카로운 이빨, 툭 불거진 눈, 울퉁불퉁한 피부를 살려서 진짜 같은 악어를 만들어야지 결심했다. 마음과 달리 악어라고 말해줘도 알아보지 못할 조악한 악어가 완성되었다.

악어의 어디가 규를 닮았다는 것인지 모르겠다. 더 만들어보면 해답이 나오지 않을까?

그렇게 밤이 늦도록 악어를 만드는 일에 몰두했다. 순식간에 우리 집 식탁은 열대우림의 물가로 변했다. 완성된 악어는 총 스무 개였다.

목이 몹시 말랐다. 나는 악어를 한 마리 집어 들어 오독오독 씹어 먹었다. 남은 열아홉 마리의 악어가 나를 빤히 쳐다보았다. 동물원에 가보고 싶었다.

"안 작가 뭐 하는 사람이야?"

연출은 또 이성을 잃었다. 저녁을 먹으며 곁들인 반주가 문제였다. 공연 날짜가 다가올수록 연출이 술을 찾는 빈도가 높아졌다. 뭘 잘못했는지도 모른 채 나는 "죄송합니다."라고 말하며 고개를 숙였다.

"죄송? 뭘 잘못했는지 알고나 하는 소리야?"

연출의 목소리가 식당 안을 쩌렁쩌렁 울렸다. 식당에는 단원들을 제외하고 다른 손님은 없었다. 워낙 작은 식당이었다. 연출이 행패를 부리는데 누구 하나 말리는 사람이 없었다.

"연극이 장난이야? 장난이냐고. 왜 안 고쳐. 나하고 한번 해보자는 거야, 뭐야?"

꽃들의 대화

안 고치는 게 아니라 못 고치는 거라고 몇 번이나 설명하려 했지만 잘되지 않았다. 연출은 나를 무책임한 사람으로 몰아붙였다.

　"안 작가는 상금 받았다 이거지. 작품 무대에 올리기만 해도 밑질 거 없다, 뭐 이런 생각으로 작업하는 거 아니냐고. 입이 붙었어? 뭐라고 말 좀 해봐. 뚱하니 입을 처닫고 날 잡아 잡숴 하는 표정 좀 짓지 말라고. 너랑 작업하다가 내가 지레 죽고 말지."

'밤마다 내가 어떤 심정으로 컴퓨터 앞에 앉는지 안다면 당신은 이런 말 못 할 거야!'

연출한테 쏘아붙이고 싶었지만 차마 그럴 순 없었다.

그 순간, 같이 작업할 수 있었던 많은 극단이 떠올랐다. 연출한테 실컷 이용만 당하고 버림받은 것 같은 비참한 기분이 들었다.

아빠가 동생을 데리고 집을 나갔다. 살던 집과 현금을 위자료로 남겼다.

엄마는 현실을 받아들이려 하지 않았다. 거울 앞에 앉아서 "아직 젊은데, 이렇게 예쁜데, 어떻게 나를 버릴 수 있어."라고 혼잣말을 했다.

　가마솥에 끓인 곰국을 들고 할머니가 올라왔다.

　"얼굴 파묵고 사는 거 아니라꼬 몇 번이나 말했노. 사내는 입맛 잡는 게 바짓가랑이 잡는 것보다 낫다 안 캤나."

　"그래서 엄만 아버지 사랑 받고 살았어요? 딸 팔자는 엄마 닮는다는데 이게 다 엄마 때문이야."

　엄마는 곰국에는 손도 대지 않고 파스타가 먹고 싶다고 했다.

꽃들의 대화

엄마는 폭식을 일삼았다. 급격하게 살이 찌면서 배가 나오기 시작했다. 참외만 하던 배가 수박 크기로 커진 다음에야 병원을 찾았다. 난소암 4기였다. 암세포가 온몸으로 전이된 뒤라 수술도 할 수 없었다.

　작약꽃처럼 예뻤던 엄마가 파 뿌리처럼 시들어가는 데 육 개월이 채 걸리지 않았다. 엄마는 한 줌 가루가 되어 바다에 뿌려졌다. 얼마 지나지 않아 할머니마저 엄마 곁으로 떠나갔다.

그때처럼 혼자 남겨질까 봐 두려웠다. 지독한 허기가 밀려왔다.

인물들은 브레이크가 고장 난 자동차처럼 질주해서 무대를 난장판으로 만들었다. 희곡은 너덜너덜해졌고, 더는 고치는 게 무의미했다. 연출을 불러내어 대화를 시도했다.

"제 희곡 어디가 그렇게 마음에 안 드세요?"

"안 작가가 뭘 오해하는 것 같은데 마음에 안 든다고 한 적 없어요."

연출한테서 술 냄새가 풍겼다.

꽃들의 대화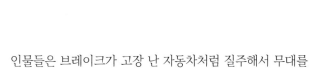

"여기 고치면 저기 고치라고 하고 무조건 마음에 안 든다고 하시잖아요. 전 뭘 어떻게 해야 할지 모르겠어요."

"대상을 받으려면 뭔가 특별한 게 있어야 하지 않겠어요?"

"악어 말씀하시는 거예요?"

연출은 소주잔에 든 술을 입에 털어 넣었다.

"그건 예를 든 거고. 본인이 직접 찾아야지. 그걸 왜 나한테 물어. 우리 극단도 이번 공연에 사활을 걸었어. 안 작가, 연극 한 편 올리는 데 돈이 얼마나 드는지 알아?"

"집행부에서 제작비 나오잖아요."

"그거 몇 푼이나 된다고."

"상금 받은 거 제작비에 안 보탠다고 이러는 거예요, 지금?"

"뭘 그렇게 발끈하고 그래. 제작비 보태는 작가들 있다는 얘기 나도 들었어. 극단 입장에서 주면 좋긴 하지. 달라는 소리는 아니야, 절대. 오해하지 말라고."

"연출님!"

"진정해. 안 작가 고생하는 거 내가 다 알아. 신나고 즐거워서 글 쓰는 사람 몇이나 돼. 힘든 게 당연한 거지."

"……."

"안 작가, 그러지 말고 이제 그만 거기서 나와."

"무슨 말씀이세요. 나오라니요? 어디서요?"

꽃들의 대화

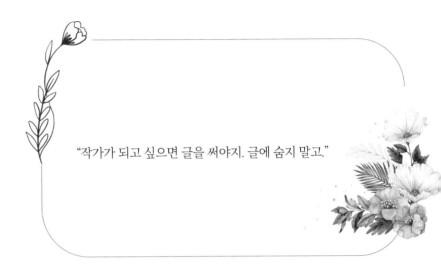

"작가가 되고 싶으면 글을 써야지. 글에 숨지 말고."

타이어에 펑크가 났다. 차는 한적한 국도 변에 멈춰 섰다.

연출과 조연출까지 셋이서 꽃 요리를 배우러 천안에 있는 꽃 농장으로 가던 도중이었다. 연출은 공연 때 무대 위에서 꽃 요리를 직접 만들게 할 계획을 세웠다.

조연출이 보험회사의 긴급 출동 서비스를 불렀다. 외곽이라 출동하는 데만 한 시간이 넘게 걸렸다.

꽃 농장 사장과의 약속 시간이 촉박해 조연출만 남겨놓고 연출과 나는 왔던 길을 되짚어 걸어갔다. 버스 정류장을 지나쳐 왔던 것이 생각나서였다.

　금방 나올 줄 알았던 버스 정류장은 쉽사리 나오지 않았다. 겨드랑이에 땀이 차고 목이 탔다.

버스 정류장은 안 나오고 저 멀리 버스가 오는 것이 보였다. 연출이 손을 들어 버스를 세웠다. 버스는 정류장이 아닌 곳에서 우리를 태웠다. 맨 뒷자리에 연출하고 나란히 앉았다.

　차창 밖으로 노란 꽃잎을 빼꼼히 내민 개나리가 빠르게 스쳐 지나갔다. 연출도 나도 말이 없었다. 연출하고 말을 안 한 지 며칠 됐는데 아무래도 단단히 화가 난 듯했다.

"안 작가 정말 이러기야? 사람 그렇게 안 봤는데, 이상한 똥 고집에다 독한 구석이 있어."

연출은 술을 마시지도 않고 반말을 썼다.

"대학로에 다른 연출들 같았으면 벌써 대본 날아가고 쌍욕 나왔어."

'꿈에 자꾸 연출님이 나와요'라고 말하고 싶었다.

"나한테 안 고마워? 꽃만 고집하는 안 작가 때문에 이 산골까지 왔잖아. 그런데 안 작가는 뭐야. 고치라는 겨울의 규는 안 고치고 혜나를 왜 쌈닭으로 못 만들어서 안달이야. 이유나 알자. 난 아무리 생각해도 이해가 안 가. 언제까지 제멋대로 굴 거야. 능력이 안 되면 욕심부리지 말고 내려놔. 내가 고칠게."

이럴 때 희곡 속의 혜나는 어떻게 할까? 찍소리도 못 내고 눈물만 뚝뚝 흘리겠지. 바보같이.

나는 아무 말도 하지 않고 버스에서 내렸다.

"어디 가? 안 작가, 빨리 안 돌아와!"

연출이 부르는 소리가 등 뒤에서 들렸지만 뒤돌아보지 않았다.

연출한테 문자가 왔다.

"내일부터 연습실 나올 필요 없습니다."

목이 말랐다. 편의점을 찾아 고개를 두리번거렸다. 주위는 온통 논과 산뿐이었다. 도롯가에 아무렇게나 자라난 찔레나무에 새순이 돋아났다. 꽃은 아직 피지 않았다.

코끼리 열차 매표소 앞에서 규를 기다렸다. 피크닉 바구니가 무거워 옆에 내려놓았다. 소풍 얘기를 먼저 꺼낸 건 규였다. 카톡을 주고받는 중에 나온 이야기였다.

"작가님, 대공원에 꽃이 피기 시작했대요."

"꽃 좋아하나 봐요?"

"연습하다 보니까 관심이 생겼어요. 희곡에 나오는 꽃 요리 만들 수 있으세요?"

"몇 가지는 만들 수 있어요."

"진짜요? 그럼, 일요일에 소풍 갈까요? 작가님이 해주는 꽃 요리 먹고 싶어요."

그렇게 해서 동물원으로 소풍을 오게 된 것이다.

꽃들의 대화

어렸을 때, 가족들과 동물원으로 나들이를 온 적이 있었다. 동물원에 도착하자마자 부모님은 돗자리를 펴고 점심 먹을 준비를 했다. 동생과 나는 헬륨 가스가 빵빵하게 들어간 풍선을 들고 술래잡기를 했다. 달음박질치던 동생이 제 발에 걸려 넘어지면서 풍선을 놓쳤다. 풍선은 바람을 타고 저만치 날아갔다. 동생이 울음을 터트렸다. 나는 동생이 놓친 풍선을 뒤쫓았다. 단내가 올라오도록 이를 앙다물고 달음박질쳤던 기억이 아직 난다.

그때 어디선가 먹구름이 몰려왔다. 번개가 번쩍이더니 곧이어 소나기가 쏟아졌다. 점심을 먹던 사람들이 한꺼번에 일어나 돗자리를 걷고 짐을 챙겼다. 비를 피해 뛰는 사람들에 치여서 어딘지도 모를 곳으로 자꾸만 떠밀려갔다.

밀물이 빠져나가듯 사람들은 모두 어딘가로 사라졌다. 당황해서 주위를 두리번거렸다. 동생도 부모님도 보이지 않았다. 소나기가 억수같이 쏟아지는 잔디밭에 나만 덩그러니 남았다.

풍선은 다시는 찾지 못할 곳으로 멀리 날아가버린 후였다.

규가 왔다. 혜나와 함께였다.

"혜나가 기린이 보고 싶다고 해서 같이 왔어요. 괜찮죠?"

혜나는 샛노란 원피스를 입고 있었다.

"작가님은 무슨 동물 좋아하세요?"

혜나가 물었다.

"악어요. 저는 악어를 좋아해요."

악어가 두 마리 산다는 악어 우리에 악어가 보이지 않았다.

"물속을 들여다보세요."

규가 말해줘서 맑은 웅덩이를 가만히 봤더니, 악어가 보였다. 코만 물 밖에 내놓고 악어는 죽은 듯 가만히 있었다.

나도 악어가 한 마리 있었으면 좋겠다. 분홍색 리본으로 멋을 낸 악어를 데리고 산책하러 나가면 얼마나 멋질까. 산책로에서 사나운 치와와가 짖어대면 "물어!"하고 시킬 수도 있을 텐데.

꽃들의 대화

악어를 빤히 보던 혜나는 몸을 떨었다.

"규의 피부가 점점 악어가죽으로 변해간다니 엽기적이에요."

규가 물었다.

"왜 그렇게 고친 거예요? 아무리 봐도 작가님이 고치신 거 같지 않아요. 요즘 연습실에도 잘 안 나오시고."

규의 말이 맞았다. 내가 희곡을 고칠 의지도 능력도 없다는 것을 알게 된 연출이 혼자서 고친 것이었다.

"진짜 연출님이 고친 거예요?"

규는 놀라서 되물었다. 나는 긍정의 의미로 살짝 웃어 보였다.

"그래서 희곡이 점점 이상해졌던 거구나."

혜나는 밤을 새워 작품 분석한 것이 의미가 없어지고 있다고 속상해했다.

"〈꽃들의 대화〉를 쓴 건 작가님이라는 걸 잊지 마세요."

규가 조언해주었다.

기린은 노란색이 아니었다. 연한 갈색, 진한 갈색, 검은 갈색 등 다양한 갈색이 섞여 묘한 색을 띠었다. 몽환적인 눈빛을 한 기린 한 마리가 긴 혀를 내밀어 입술을 핥으며 우리가 서 있는 쪽으로 다가왔다. 혜나는 기린을 향해 팔을 뻗었다. 기린한테가 닿기에 거리가 터무니없이 멀었다.

규가 기린이 입술을 핥는 흉내를 코믹하게 냈다.

"혜나야, 너도 한번 해봐. 그 원피스 입고 있으니까 기린이랑 구분이 안 가."

혜나는 약이 올라서 규를 잡으려 했다. 규가 저만치 뛰어갔다. 혜나는 샛노란 원피스를 펄럭이며 규의 뒤를 쫓았다.

"연출님이 뛰지 말라고 했을 텐데."

혜나는 요조숙녀가 된 듯 사뿐사뿐 걸었다.

규는 웃음을 터트렸다. 규가 혜나의 어깨에 팔을 둘렀다.

바람이 불자, 벚꽃이 화르르 날렸다. 두 사람은 〈꽃들의 대화〉 희곡 속의 주인공들처럼 아름다웠다. 나는 혜나와 규가 사는 희곡 속으로 걸어 들어갔다.

도시락을 펼쳤다. 돗자리가 봄날의 화원으로 변했다. 규는 꽃 산적을 먼저 먹었다. 혜나는 꽃 샌드위치를 집어 들었다. 나는 팬지꽃을 올린 화전을 꿀에 찍어 입에 넣었다.

"이렇게 예쁜 샌드위치는 처음이에요. 씹을 때마다 꽃향기가 진해져요."

혜나는 샌드위치를 오물거리며 감탄했다.

"요리는 누구한테 배웠어요?"

규가 물었다.

"혹시 어머니세요?"

"아뇨, 할머니요. 할머니는 꽃보다 예쁜 밥상을 차리길 좋아하셨어요. 엄마는 본인이 꽃보다 아름다워지고 싶었던 분이셨고요."

혜나가 물었다.

"작가님은요? 작가님은 어떤 사람이 되고 싶은데요?"

"글쎄요. 저는, 잘 모르겠어요."

입이 짧은 것치고 많이 먹는다 싶더니 혜나는 결국 탈이 났다. 아무래도 급체를 한 듯했다. 규는 코끼리 열차를 타고 소화제를 사러 갔다. 약국은 지하철역 근처에 있었다.

혜나는 소화를 시키겠다며 잔걸음으로 돗자리를 빙빙 돌았다.

"이리 와요. 내가 등 두드려줄게요."

혜나는 브리티시 쇼트헤어 고양이처럼 도도하게 다가와 앉았다.

앙상하게 야윈 혜나의 등을 두드리고 있으려니 돌아가신 할머니가 떠올랐다. 어렸을 때 할머니가 내게 해줬던 것처럼 힘을 줘서 혜나의 어깨와 팔을 주물렀다.

"작가님, 간지러워요."

"가만히 좀 있어봐요. 손 따야 해요. 체했을 때는 그 방법이 제일 좋아요."

혜나가 가르랑거리는 소리를 내며 웃었다.

새끼 고양이처럼 사랑스러워서 쓰다듬고 싶은 걸 겨우 참았
다. 나는 반짇고리에서 바늘을 꺼내 정수리에 대고 문질렀다.
심하게 체했던 것인지 엄지손가락에서 시커먼 피가 흘러나왔
다.

탄산음료와 아이스아메리카노를 사 들고 규가 돌아왔다. 약국이 문을 닫은 탓에 소화제는 구하지 못했다고 했다.

"작가님이 내 손 따줬어."

"효과 있나 봐. 혈색이 좋아졌어."

규는 아이스아메리카노를 내게 주고, 혜나에게는 탄산음료를 줬다. 탄산음료를 마신 혜나는 속이 뻥 뚫리는 것 같다고 고마워했다.

후식으로 개나리를 동동 띄운 수정과와 과일과 꽃을 꿰어놓은 탕화루를 내놓았다. 혜나는 먹지는 않고 사진만 찍었다. 규는 늘 그렇듯 맛있게 먹어줬다.

나는 입도 대지 않은 아이스아메리카노를 넘어지지 않게 돗자리 한쪽에 내려놓았다.

"작가님 커피 안 드세요? 오빠가 사 온 정성이 있는데 조금이라도 드세요?"

나는 모니터에 대사를 치듯 또박또박 말했다.

"사실 제가 카페인에 민감한 체질이에요. 잠을 못 자는 건 괜찮은데 심장이 심하게 뛰어서 숨이 안 쉬어지더라고요. 생각해서 사다 준 건데 미안해요."

수정과를 마시던 규가 그런 줄 몰랐다며 커피는 절대 마시지 말라고 말렸다.

혜나 또한 실수했다며 여러 번 반복해서 사과했다.

"진작 알았더라면 좋았을 뻔했어요. 그랬다면 오빠가 실수할 일도 없었을 테고요. 그런데요, 작가님은 무슨 음료 좋아하세요? 이번 기회에 알아둬야겠어요."

　혜나는 핸드폰을 켜고 메모할 준비를 했다.

　"저는 청포도에이드를 제일 좋아해요."

　"작가님이 제일 좋아하는 음료는 청포도에이드."

　내가 했던 말을 반복하며 자판을 두드리는 혜나는 진지했다.

꽃들의 대화

규가 물었다.

"지난번에 연습실에서 커피 드셨잖아요. 그때는 괜찮았어요?"

"사실 며칠 힘들었어요."

나는 괜히 얼굴이 붉어졌다.

"작가님."

혜나가 조심스럽게 불렀다.

"그런데요, 아이스아메리카노 제가 마셔도 될까요? 작가님은 못 드시니까요."

아이스아메리카노를 혜나한테 건네줬다. 배가 부르다더니 그새 꺼졌는지 혜나는 아이스아메리카노를 맛있게 마셨다.

규는 돗자리에 누워 하늘을 올려다보았다. 혜나는 점심을 먹
느라 지워진 립스틱을 고쳐 발랐다. 나는 돗자리에 올라와 길
을 잃고 헤매는 개미를 풀밭에 떨어뜨려놓았다.

립스틱을 다 바른 혜나가 내 입술에 립스틱을 발라주겠다고
나섰다. 나는 몇 번 거절하다가 못 이기는 척 입술을 맡겼다.

"오빠, 일어나봐. 작가님 입술에 진달래꽃이 피었어."

혜나는 개구쟁이처럼 좋아했다.

"와, 예쁘다."

벌떡 일어나 앉으며 규가 감탄했다.

거울을 들여다봤다. 입술이 진분홍색으로 변해 있었다. 입술을 핥았다. 복숭아 향이 은은하게 풍겼다.

　도로 변의 벚나무에서 바람을 타고 날아온 꽃잎이 무릎에 내려앉았다. 무게가 전혀 느껴지지 않았다. 꽃잎을 잡으려는데 어디선가 바람이 불어왔다. 나는 꽃잎이 날아가는 방향을 눈으로 따라가다가 고개를 들어 하늘을 올려다보았다. 소나기는 올 것 같지 않았다.

추천사

글 속에 숨은 작가. 글을 써야 하는 작가.

자신의 마음을 쉽게 표현하지 못하는 작품 속의 작가는 자신의 연극 주인공인 규와 혜나를 바라본다. 한 줄기 바람처럼, 먼 하늘처럼 말없이.

글 속의 그녀는 꽃이다. 어쭙잖은 말 대신 진하고 선명한, 향기로운 꽃을 피워 온 세상에 자신의 마음을 전한다. 화사한 봄꽃, 향기로운 여름꽃, 때로 너무나 외롭게 피어나는 가을꽃.

그녀는 작가다. 자신만이 아는 은밀한 재료와 귀한 향료를 섞어 한 방울의 마약을 짜내는 마녀처럼, 그녀는 글 한 줄 낱말 하나를 찾아 자신의 숨결을 불어 넣는다. 아름다운 글은 삶에 지친 이들에게 위로를 준다. 각박한 세상을 살아내는 일이 헛되지 않음을 알려준다. 마치 한 송이 꽃처럼.

　민들레, 벚꽃, 원추리, 장미, 코스모스. 꽃들을 마주할 때마다 나는 이제 작가 서경희가 떠오를 듯하다.

윤영수(소설가)

추천사

작가의
말

    단편소설 한 편으로 책 한 권을 엮었다. 정사각형 판형에 시처럼 문단을 나누고 중간에 일러스트를 넣었다. 단편소설을 이런 방식으로 출간하는 건 나의 오랜 꿈이었다. 분량이 짧을 뿐 단편소설도 장편소설과 같이 완결된 소설이고 하나의 세계이다. 나는 내가 쓴 단편소설에 제대로 된 표지와 함께 온전한 세계를 선물하고 싶었다.

소설을 쓴다는 건 하나의 세계를 창조하는 일과 같다. 내가 그리는 세계는 대부분 지독히도 어두워서 쓰는 내내 정신적으로 힘이 들 때가 많다. 그래서인지 소설을 완성하고 나면 꼭 며칠을 꼬박 앓곤 한다. 머지않아 컨디션을 되찾고 일상을 살아가지만, 종종 소설 속 세계에 두고 나온 인물들이 생각날 때가 있다. 내가 쓴 이야기 속에 갇혀 영원히 불행하게 지낼 것을 생각하면 마음이 좋지 않다. 다행히 이번 소설은 해피엔딩이라 마음이 한결 가볍다.

어렸을 때 나는 나약해서 또래한테 자주 괴롭힘을 당했다. 눈에 띄지 않으려 한껏 몸을 웅크리고 숨어봐도, 아이들은 후각이 발달한 사냥개처럼 자기보다 약한 애들을 잘도 골라냈다. 그 시절 깨달은 게 있는데, 단 한 명의 친구만 있어도 살아갈 힘이 생긴다는 것이다. 내가 지금껏 용케 살아남은 건 고비마다 내 곁을 지켜주었던 소중한 인연 덕분이다.

추천사를 써주신 윤영수 선생님께 감사드린다. 알고 지낸 이래 선생님은 내 부탁을 단 한 번도 거절한 적 없이 다 들어주셨다. 무뚝뚝해 보여도 사실 선생님은 누구보다 섬세하고 다정한 분이다. 그리고 여전히 소녀의 모습을 간직하고 있다.

선생님을 처음 뵙던 날이 아직 생생하다. 밀란 쿤데라의 소설 『불멸』에 나오는 '아녜스'의 몸짓과 표정을 선생님한테서 보았기 때문이다. 그것은 꽤나 기묘한 경험이었는데, 쿤데라가 '아녜스'를 보며 느끼는 감정을 선생님을 보며 나도 똑같이 느꼈기 때문이다.

작가의 말

오래전에 이 소설을 구상했다. 그리고 오래 고쳐 썼다. 한 육칠 년은 됐을 것이다. 고심해서 만든 책이 어떻게 읽힐지 기대되면서 걱정도 된다. 장편에 이어 두 번째 출간이다. 내 안에는 여전히 책이 되길 기다리는 많은 이야기가 숨어 있다. 외롭고 곁에 아무도 없는 사람들을 위한 이야기를 계속 써나가고 싶다.

2022년 5월

서경희

꽃들의 대화

ⓒ 서경희 2022

초판 1쇄 발행 2022년 6월 16일

지은이　　서경희
펴낸이　　서경희
펴낸곳　　문학정원

출판등록　　제2021-000346호
전　화　　070-8065-4766
팩　스　　070-8015-6863
전자우편　　hiheehoo@naver.com
주　소　　서울시 마포구 성지길 25-11 지층 707호 (합정동)

ISBN　　979-11-977224-2-4 (00810)